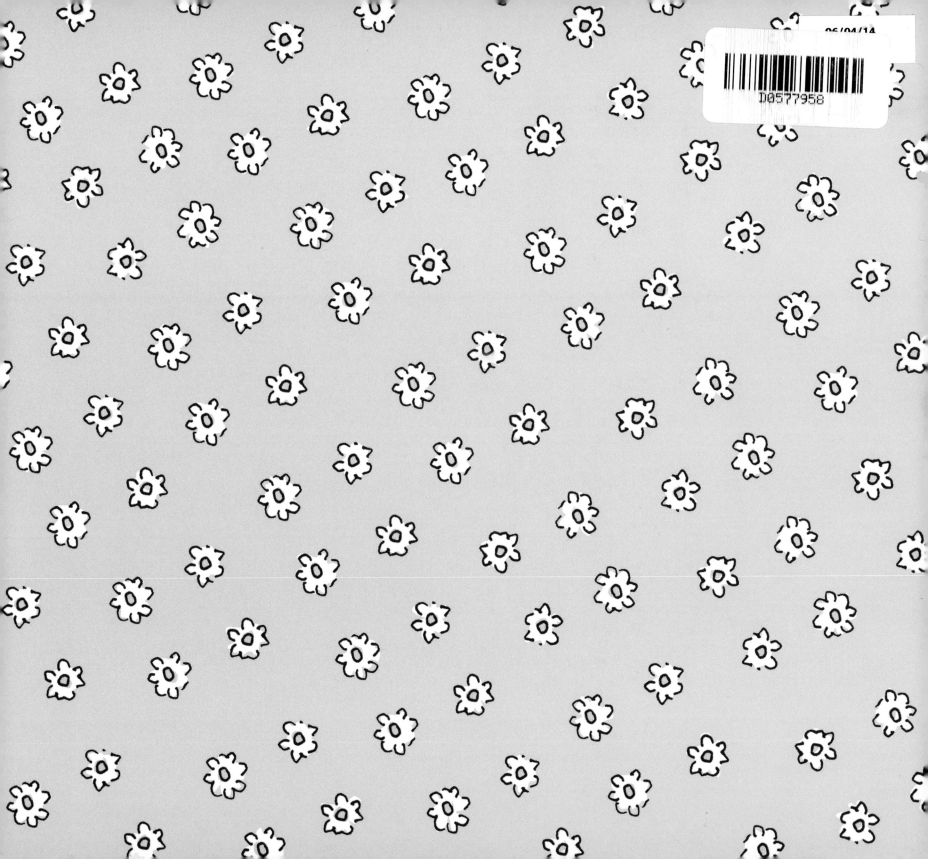

D0577958

¿Las princesas se lastiman las rodillas?

Textos de Carmela LaVigna Coyle
Ilustraciones de Mike Gordon
y Carl Gordon

Picarona

39075043962973

Puede consultar nuestro catálogo en www.edicionesobelisco.com / www.picarona.net

¿LAS PRINCESAS SE LASTIMAN LAS RODILLAS?
Texto de *Carmela LaVigna Coyle*
Ilustraciones de *Mike Gordon y Carl Gordon*

1.ª edición: febrero de 2014

Título original: *Do Princesses Scrape Their Knees?*

Traducción: *Ainhoa Pawlowsky*
Maquetación: *Montse Martín*
Corrección: *M.ª Ángeles Olivera*

© 2006, textos de Carmela LaVigna Coyle e ilustraciones de Mike y Carl Gordon
(Reservados todos los derechos)
Primera edición en Estados Unidos publicada por Rising Moon, Maryland, USA,
y por acuerdo con Cooper Square Publishing.
© 2014, Ediciones Obelisco, S. L.
(Reservados los derechos para la lengua española)

Edita: Picarona, sello infantil de Ediciones Obelisco, S. L.
Pere IV, 78 (Edif. Pedro IV) 3.ª planta, 5.ª puerta
08005 Barcelona - España
Tel. 93 309 85 25 - Fax 93 309 85 23
E-mail: picarona@picarona.net

Paracas, 59 C1275AFA Buenos Aires - Argentina
Tel. (541-14) 305 06 33 - Fax (541-14) 304 78 20

ISBN: 978-84-941549-4-2
Depósito Legal: B-22.739-2014

Printed in China

Reservados todos los derechos. Ninguna parte de esta publicación, incluido el diseño
de la cubierta, puede ser reproducida, almacenada, trasmitida o utilizada en manera
alguna por ningún medio, ya sea electrónico, químico, mecánico, óptico, de grabación
o electrográfico, sin el previo consentimiento por escrito del editor. Diríjase a CEDRO
(Centro Español de Derechos Reprográficos, www.cedro.org) si necesita
fotocopiar o escanear algún fragmento de esta obra.

A mi marido, Mike:
el atleta, ingeniero, compositor, padre, filósofo,
cazador de arañas, músico, hombre fuerte…

También me gustaría dar las gracias a las chicas deportistas:
Annie, Maddie, Meg, Kelsey, Phia, Kat, Brooke, Sade,
Milandra, Chloe y Tahra.
— *clvc*

Dedicado a mi padre,
que me dio el mayor obsequio de la vida,
la habilidad de dibujar.
— M. G.

A mi hermoso bebé, Melissa.
— C. G.

¿HERMANITA, puedo jugar contigo hoy?

Supongo que sí, enseguida voy.

¿Cómo se dice cuando caes de bruces por la vereda?

Las princesas lo llamamos hacer una triple rueda.

¿Te dejará mamá patinar en el salón?

Yo creo que me echará sin contemplación.

¿Se ponen tiritas las princesas
cuando se hacen heridas?

¡Pueden ponerse lo que quieran en sus rodillas doloridas!

¿Alguna vez has sentido
en el estómago cosquillas?

A veces siento que de gelatina son mis rodillas.

¿Cómo te aguantas en esa postura de yoga sin caer al suelo?

Ommm… ¡Porque mantener mis músculos en plena forma anhelo!

¿Vas a meter esa pelota en la portería?

¡Voy a intentarlo con todas mis fuerzas y puntería!

¿Las princesas se dan planchazos en la piscina?

A veces caen en plancha y montan una *escabechina*.

¿Cuántas vueltas puedes dar patinando sobre hielo?

Ojalá pudiera dar alguna sin caerme al suelo.

¿Por la casa andarás de puntillas sin descansar?

¡Eso sería más de lo que mis deditos podrían soportar!

¿Soy demasiado bajita para hacer una canasta?

¡Con un poco de ayuda, te subiremos
hasta que digas basta!

¿Puedo ir más rápido que tu bicicleta rosa?

¡Al triciclo rojo de mi hermano, adelantarlo nadie osa!

¿Se relajan las princesas al final del día?

¡Y entonces comparten un postre
de chocolate que jamás olvidarían!

¿Cuando sea mayor puedo ser como tú, deportista?

Puedes ser cualquier cosa que en tu mente exista.